AF246025

Ye

3115

L'ILLVSTRE BEVVEVR A SES AMIS,

DERNIERE EDITION,

Reueuë par l'Autheur.

A PARIS,

Chez ANTHOINE DE SOMMAVILLE, au
Palais dans la Gallerie des Merciers à l'Escu de France.

M. DC. XXXX.

REMONSTRANCE
A VN POETE BEVVEVR D'EAV.

SONNET.

EN vain, pauure TIRCIS, tu te romps le cerueau
Pour paruenir au poinct des choses plus parfaites,
Tu n'auras point de rang parmy les bons Poëtes
Si comme les oysons tu ne bois que de l'eau.

Picque vn peu ton Esprit d'vn traict du vin nouueau
Que le Cormié recelle en ses caues secretes,
Tu passeras bien tost ces antiques Prophetes
Qui sauuerent leur nom de la nuict du tombeau.

Bien que ces neuf Beautez qui flattent nostre veine
Se plaisent sur les bords d'vne claire fontaine,
Les fines qu'elles sont pourtant n'y boiuent pas;

Là sous des lauriers vers, ou plutost sous des treilles,
Le vin le plus friand reigne dans leurs repas,
Et l'eau n'y rafraischit que le cu des bouteilles.

L'ILLVSTRE
BEVVEVR
A SES AMIS.

Sprits de qui la gloire à nulle autre seconde,
Sur l'aisle des beaux vers vole par tout le
    monde ;
Qui n'aspirans à rien qu'à l'immortalité
Ne languissez iamais dedans l'oysiueté;
Quittez vn peu le soin de vouloir tousiours viure,
Qui vous fait iour & nuict mourir dessus vn liure.
Bacchus veut des honneurs aussi bien qu'Apollon,
Vne Table vaut mieux que le double vallon;
Ny les charmes d'vn Luth, ny ceux d'vne Guiterre
N'ont rien de comparable aux delices d'vn verre.
Sa douce melodie, & son gay cliquetis
Sçauent l'art d'attirer tous les Dieux chez Thétis,
D'appaiser Iupiter alors qu'il se courrouce,
Et d'obliger Saturne à faire ample carousse.

A iij

Amis, que cét employ touche noſtre deſir,
Ne meſurons le temps qu'aux reigles du plaiſir,
Et ne nous perdans point dans ces vagues penſees
Des choſes aduenir, ny des choſes paſſées,
Où le plus habile homme eſt le moins ſuffiſant,
Arreſtons nos eſprits aux choſes du preſent.
Ioüiſſons du bon-heur que le Ciel nous octroye,
Sacrifions au Dieu qui preſide à la joye,
Et ſans nous tourmenter du ſoin des Potentats,
Ny du déreiglement qu'on voit dans leurs Eſtats,
Ny des diuers aduis du Conſeil des Notables,
Debitons aujourd'huy cent contes delectables,
Et tous expedions en nos particuliers
Plus de verres de vin qu'ils ne font de Cahiers.
    Les ſages Anciens dont les Académies
Ont ſouuent réueillé nos ames endormies,
Diſent que nous ſentons quatre ſainctes Fureurs
Agiter nos eſprits de leurs douces erreurs,
Les Muſes, Apollon, l'Enfant que Cypre adore,
Et le Dieu qui dompta les peuples de l'Aurore.
Que ce puiſſant Demon de la rouge liqueur
De ſon diuin nectar agite noſtre cœur!
Que l'effect merueilleux des pampres & des treilles
Soit l'vnique entretien de nos plaiſantes veilles!
Et deuant que la ſoif trouble noſtre repos,
Courons àlaigrement l'eſteindre dans ces pots;
Ainſi les habitans de noſtre voiſinage
Calmerent la colere, eſteignirent la rage

De

De ce traistre Vulcan, dont l'iniuste Element
Embrasa de Thémis l'orgueilleux bastiment.
    Si ces vieux Cheualiers qui couroient par le monde
Ont esté renommez pour vne Table ronde,
Nous qui suiuons Bacchus, & reuerons ses loix,
Faisons tous aujourd'huy de si vaillans exploits,
Qu'on appelle en tous lieux cette Trouppe honorée,
Les braues Champions de la Table quarrée.
Mais c'est trop discourir sur le poinct d'vn assaut,
Amis, auancez-vous pendant que tout est chaud;
Regardez de ce plat la vapeur embaumée,
Voyez comme il espand vne douce fumée,
Que l'air de nostre haleine esleue dans les Cieux
En guise d'vn encens que nous offrons aux Dieux.
    Pour moy qui suis contraire à ceste Tyrannie
Qui seconde les loix de la céremonie,
Ie me sieds le premier dans ceste chaire-cy,
Despeschez, mes Amis, asseiez-vous aussi,
Ou vous irriterez le feu de ma colere,
Qui ne s'appaisera que dans la bonne chere.
    Que ces mets delicats sont bien assaisonnez!
Que ce vin est friand! qu'il va peindre de nez!
Qu'il va causer d'ardeur dans le fonds de nostre ame!
Et que l'Amour est froid à l'égal de sa flâme!
Inspiré de Bacchus qui préside en ce lieu
Ie vuide cette Couppe en l'honneur de ce Dieu:
Mais quoy! d'vn si grand coup ma soif n'est appaisée,
Ie la veux rendre encor quatre fois espuisée.

Amis, c'est assez beu pour la necessité,
Ne beuuons desormais que pour la volupté.
Que chacun à ce coup ses temples enuironne
Des replis verdoyans d'vne belle couronne;
Couurons-nous de lierre, & de myrthes aussi,
Il n'est rien de plus propre à charmer le soucy.
Et si malgré l'hyuer qui rauit toutes choses,
On peut trouuer encor des œillets & des roses,
Semons en cette place, ornons-en ce repas,
Non pource que l'odeur en est pleine d'appas,
Mais pource que ces fleurs n'ont rien de dissemblable
A la viue couleur de ce vin tant aimable,
Qui resiouit nos yeux de son pourpre vermeil,
Et iette plus d'esclat que les rais du Soleil.
Profanes, loing d'icy, que pas vn homme n'entre
Qui soit du rang de ceux qui trahissent leur ventre,
Qui fraudent leur Genie, & d'vn cœur inhumain
Remettent tous les iours à viure au lendemain.
Mal-heureux en effect l'auare qui possede
Des biens & des thresors, & iamais ne s'en aide.
Tandis qu'on a le temps & qu'on se porte bien,
Il faut auec raison se seruir de son bien,
Et suiuant les plaisirs où l'aage nous conuie,
Gouster autant qu'on peut les douceurs de la vie.
Quand nous aurons senty la rigueur du trespas
Nous ne cognoistrons plus l'Amour ny ses appas,
Nous n'aurons plus besoin de celliers, ny de granges,
Pour enfermer nos bleds, & serrer nos vendanges;

Mais tristes & penſifs accableʒ de douleurs,
Nous ne viurons alors que de l'eau de nos pleurs.

   Chers Amis, laiſſons là ceſte Philoſophie,
Que chacun à l'enuy l'vn l'autre ſe deffie
A qui rendra pluſtoſt ces grands vaſes taris;
Six fois ie m'en vay boire au beau nom de CLORIS,
CLORIS le ſeul deſir de ma chaſte penſée,
Et l'vnique ſujet dont mon ame eſt bleſſée;
Lydas, verſe tout pur, puis que la pureté
A tant de ſympathie auec ceſte Beauté :
Et puis ne ſçais-tu pas que l'Element de l'onde
Eſt le ſigne certain d'vne humeur vagabonde ?
Si ie bois iamais d'eau qu'on m'eſtime vn oyſon,
Que perſonne en beuuant ne me face raiſon,
Que tout ainſi que l'eau mes vers deuiennent fades,
Qu'ils ne ſoient ny connus, ny payeʒ qu'en gambades,
Que iamais de Beauté ne me face faueur,
Que l'on me monſtre au doigt cõme vn pauure beuueur;
Enfin qu'aux Cabarets pour ma honte derniere
On eſcriue mon nom ſous le nom de CHAVDIERE.

   Certes ie hais ces mots qui finiſſent en eau,
Si i'euſſe eſté Ronſard i'euſſe berné Belleau;
Auſſi bien n'eut-il pas vne aſſez rouge trongne
Pour expliquer les vers de ce gentil yurongne,
Qui dans les mouuemens d'vn eſprit tout diuin
N'a jamais rien chanté que l'Amour, & le vin.

   Mais à propos de vin, Lydas reuerſe à boire,
Auſſi bien ce piot rafraichit la memoire,

Il fait rire & dancer les plus ſages vieillars,
Il leur met en l'eſprit mille contes gaillards;
Et quoy que l'on ait dit de la fureur des Muſes,
Il diſpenſe le don des ſciences infuſes,
Si bien que tout à coup il arriue ſouuent
Que l'ignorant qui boit deuient homme ſçauant.
Noſtre ARCANDRE le ſçait, qui pour aymer la vigne
Paſſe deſia partout pour vn Poëte inſigne,
ARCANDRE dont l'eſprit ne fait rien de diuin
S'il n'a dedans le corps quatre pintes de vin.

    Ah! que i'eſtime heureux l'amoureux d'ISABELLE!
Non pource qu'il adore vne fille ſi belle,
Non pource que les rais qui partent dé ſes yeux
Rendent plus de clarté que le flambeau des Cieux;
Non pource que les nœuds de ſa perruque blonde
Captiuent tous les iours le cœur de tout le monde;
Non pource qu'à Paris elle à tant de renom,
Mais pource que ie voys huiƈt lettres dans ſon nom;
Et que l'affeƈtion que cét Amant luy porte
A tant de mouuemens, eſt ſi viue & ſi forte,
Qu'il ne peut faire moins que de boire huiƈt fois
Au nom de la Beauté qui le tient ſous ſes loix.
Pour moy, ſoit qu'on me blâme, ou bien que l'on me priſe,
Ie veux changer le nom de CLORIS en CLORISE,
Ou bien prendre CLORINDE, ou d'autres mots choiſis;
Fais-en, mon cher AMINTE, autant de ton ISIS;
Cela luy tiendra lieu d'vne nouuelle offrande,
Ce nom eſt trop petit, & ta ſoif eſt trop grande.

                                              Mais

Mais insensiblement ie ne m'aduise pas
Que la force du vin débilite mes pas;
Ie sens mon Estomach plus chaud que de coustume,
Ie ne sçay quel brasier dans mes veines s'allume;
Ie commence à douter de tout ce que ie voy,
La teste me tournoye, & tout tourne auec moy;
Mon Esprit se confond, mon iugement se trouble,
Ie ne voy point d'object qui ne me semble double :
I'enten dedans la nuë vn tonnerre esclatant,
Ie regarde le Ciel, & n'y vois rien pourtant.
Tout tremble sous mes pieds, vne sombre poussiere
Comme vn nuage espais offusque ma lumiere,
Et l'ardante fureur m'agite tellement
Qu'auecque la raison, ie perds le sentiment.
Euoé ie fremis, Euoé ie frissonne,
Vn vent dessus mon chef esbranle ma couronne,
Et ie me trouue icy tellement combatu
Que ie tombe par terre, & n'ay plus de vertu.

   Puissante Deïté, mon vainqueur, & mon maistre,
Si tu m'as autrefois aduoüé pour ton Prestre,
Si tu m'as tousiours veu plus qu'aucun des mortels
Espandre au lieu d'encens, du vin sur tes Autels;
Race de Iuppiter, digne Enfant de Semele,
Appaise la fureur qui m'accable sous elle;
Dissipe les vapeurs de ce bon vin nouueau,
Qui rafraischit ma langue & brusle mon cerueau.
Rends plus fermes mes pas, modere ta furie,
Donne-moy du repos, ô Pere ie t'en prie,

Par ton Thyrſe couuert de pampres touſiours vers,
Par les heureux ſuccez de tes trauaux diuers,
Par le Sep vigoureux qui te conquit les Indes,
Par l'aimable rumeur des chanſons & des brindes,
Par le front heriſſé de tes fiers Leopars,
Par tes cheueux dorez, par tes brillants regards,
Par le myſtique Van de tes ſacrez myſteres,
Par les cris redoublez des feſtes Triéteres,
Par ton Eſprit de feu qui fait boire & parler,
Par tout ce que la Grece eut ſoin de t'immoler,
Par les pieds chancelans du vieux pere Silene;
Bref par ce doux nectar d'Arbois, & de Surene.

   Ainſi dit Cerilas d'vn geſte furieux,
Roüant à chaque mot la prunelle des yeux:
Bacchus qui l'entendit, d'vn bruit eſpouuentable
Fit trembler à l'inſtant les treteaux & la Table,
Tous les vaſes remplis branſlerent en ce lieu,
Et pas vnne verſa de la liqueur du Dieu:
Teſmoignage certain qu'il ne mit en arriere
De ſon humble Sujet la deuote priere;
Auſſi pour le flatter d'vn ſommeil gracieux,
Ce Dieu qui l'éueilla, luy vint fermer les yeux.

COLLETET.

AVTRES GAYETEZ
DE CARESME PRENANT.

Tirées du Liure des Diuertiſſemens du meſme Autheur.

SARABANDE.

DIALOGVE D'VN AMANT, ET
D'VN YVRONGNE.

L'AM. **R**Ien ne contente ſi fort ma vie
Que le bon-heur de voir Siluie.
L'YV. Rien ne chatoüille tant mon oreille
Comme le ſon de ma Bouteille.

L'AM. Chere Siluie, quand ie t'accolle
L'aiſe m'eſtouffe la parolle.
L'YV. Quand ie t'embraſſe, l'on m'entend dire
Touſiours mille bons mots pour rire.

L'AM. *Plus ie t'adore, ma chere Dame,*
    Plus i'ay de feux dedans mon ame,
L'YV. *Plus ie caresse ton doux breuuage,*
    Plus i'ay de feux sur le visage.

L'AM. *Quand ie m'engage, c'est sans feintise ;*
    Aymer tousiours, c'est ma deuise.
L'YV. *Chere bouteille, ma douce guide,*
    Ma deuise est, Plus plein que vuide.

L'AM. *Malgré l'enuie qui nous trauerse*
    Laisse toy cheoir à la renuerse.
L'YV. *Tien-toy bouteille tousiours dressee,*
    Sinon ma joye est renuersee.

L'AM. *Ainsi sans cesse, ma douce flâme,*
    Ton beau portraict soit dans mon ame.
L'YV. *Ainsi sans cesse, diuine souche,*
    Ta liqueur soit dedans ma bouche.

FANTAISIE
SVR DE DIVERSES PEINTVRES
DV DIEV PRIAPE.

SONNET.

SVr les riues de Seine vne belle Dryade,
Lasse d'auoir reduit vn Sanglier aux abois,
Se reposoit vn iour à l'ombrage d'vn bois,
Sans craindre des Siluains la secrette embuscade.

Priape l'apperçoit, l'aime, & se persuade
Qu'il la verra bien-tost reduite sous ses loix,
Mais elle, dont l'Esprit fit vn plus digne choix,
Desdaigne cet Amant si laid, & si maussade.

Alors pour amolir ceste Diuinité,
Il change sa laideur & sa difformité,
Et prend nouuelle forme ainsi que fit Protée.

Mais la Nature en luy plus puissante que l'Art,
Ne se pût pas cacher sous sa forme empruntée,
Car tousiours à la Queue on cognut le Renart.

D

LE
MEDISANT BERNÉ
SONNET.

QVi veut voir à Paris vn Aduocat sans loix,
Vn Oyson qui s'exerce à chanter la Musique,
Vn glorieux vestu comme vn valet de pique
Qui ne jouït de rien joüissant de ses droits,

   Qui veut voir vn lourdaut s'estimer vn matois,
Vn bizare Pédant qui fait le Politique,
Vn Philosophe aigû qui n'a point de replique,
Vn homme aussi disert qu'vne souche de bois.

   Qui veut voir vn grand Asne à petites oreilles,
Vn frelon qui s'esleue au dessus des abeilles,
Vn Poëte fameux qui ne peut faire vn vers;

   Vn qui tranche du sage auec vne marotte,
Bref vn Esprit tortu dans vn corps de trauers,
Qu'il vienne voir ce Fat qu'on nomme l'Antiflote.

LES IMPORTVNS,

SONNET, 1630.

Mportuns que ie vois tous les iours à ma porte,
Me demander des vers que ie ne vous dois pas,
Sous ombre que ma Muse à de noueaux appas,
Deuez-vous abuser de mon humeur accorte ?

Vous auez beau loüer l'ardeur qui me transporte,
L'honneur n'est plus vn mets dont mon goust face cas;
Voulez-vous de mes vers, donnez moy des Ducas,
Quand le profit est mort, chez moy la Muse est morte.

Le Conseiller à soin d'espicer les procez,
Sans or le Medecin ne guerit point d'accez,
Sans or nos bons Docteurs nous cachent l'Escriture.

Tout Art nourrit enfin son homme tout entier;
Pour ne point peruertir l'ordre de la nature,
Le Poëte fait bien, s'il vit de son mestier.

LE DISNER
DE LA CROIX DE FER,
SONNET.
A CLEANDRE,

DE quinze ou seize au moins que nous sõmes icy,
Papistes, Huguenots, de different merite,
L'un fait le libertin, l'autre faict l'hypocrite,
L'un plaide pour Sedan, & l'autre pour Nancy.

L'un raille un nez pointu, l'autre un nez racourcy,
L'un censure un poulet, l'autre une carpe fritte,
L'un entre, l'autre sort ; l'un rit, l'autre s'irrite,
L'un réforme l'Estat, l'autre vit sans soucy.

L'un s'entretient d'Amour, & l'autre de chicane,
L'un parle de sa bure, & l'autre de sa pane,
Moy ie mange en repos, & bois sans dire mot.

Amy, qui les connois d'esprit & de visage,
Vis tu jamais ailleurs un repas si falot,
Et parmy tant de Fous, un Poëte si sage?

FIN.